CW00971481

COLLECTION FOLIO

Jean Giono

Prélude de Pan

et autres nouvelles

Gallimard

Ces nouvelles sont extraites de *Solitude de la pitié*
(Folio n° 330).

Jean Giono est né le 30 mars 1895 à Manosque dans les Alpes-de-Haute-Provence. Après la guerre où il combat au Chemin des Dames, il retrouve son emploi dans une banque, jusqu'au succès de son premier roman, *Colline*, l'histoire de la vengeance de la terre contre les hommes qui l'exploitent sans discernement. En 1931, il évoque la guerre pour la première fois dans *Le grand troupeau* où il oppose l'horreur du front à la paix des campagnes provençales. Après *Le chant du monde* en 1934 – un de ses plus beaux livres dans lequel des intrigues amoureuses et violentes se nouent autour d'un homme puissant et farouche, dégoûté de la vie depuis la mort du seul être qu'il aimait –, Giono ressent le besoin de renouveler son univers romanesque et écrit *Deux cavaliers de l'orage*, un roman de liberté et de démesure où l'image du sang est omniprésente. Pacifiste convaincu à la veille de la guerre, Giono est néanmoins inscrit en 1944 sur la liste noire du Comité national des écrivains. Dans son *Journal* de l'époque, il se montre rétif à tout engagement, indifférent à la calomnie. Il puise dans cette épreuve une nouvelle vigueur et compose le cycle du « Hussard », l'histoire d'Angelo Pardi, un jeune Piémontais contraint d'émigrer en France. Le cycle commence avec *Angelo*, continue avec *Le hussard sur le toit*, où le choléra, figure de la guerre, frappe et se propage dans tout le midi, puis avec *Le bonheur fou* qui se déroule pendant la révolution italienne de 1848, et s'achève avec *Mort d'un personnage*. Les chefs-d'œuvre se succèdent : *Un roi sans divertissement, Les âmes fortes* ou *Le moulin de Pologne*. Dans les dernières années, malade, il écrit *Le Déserteur* en s'inspirant d'un personnage mystérieux dont il fait un véritable héros de roman : un Français qui, un siècle auparavant, s'était réfugié dans les montagnes du Valais. Son dernier roman, *L'iris de Suse*, retrace la vie de Tringlot, voleur, pillard de maisons et complice d'assassins, qui se réfugie dans les montagnes pour échapper à ces derniers. Là, contre toute attente, il s'éprend d'une baronne et sa vie va s'en trouver transformée.

Auteur de vingt-quatre romans achevés, de nombreux recueils de nouvelles, de poèmes, d'essais, d'articles et de scénarios, Giono, en marge de tous les mouvements littéraires du XXᵉ siècle, a su allier une extrême facilité d'invention aux exigences d'une écriture toujours en quête de renouvellement. Cet extraordinaire conteur est mort en 1970.

Lisez ou relisez les livres de Jean Giono en Folio :

LE GRAND TROUPEAU (Folio n° 760)

DEUX CAVALIERS DE L'ORAGE (Folio n° 198)

UN ROI SANS DIVERTISSEMENT (Folio n° 220)

LE HUSSARD SUR LE TOIT (Folio n° 240)

LES ÂMES FORTES (Folio n° 249 et Folioplus classiques n° 301)

LE MOULIN DE POLOGNE (Folio n° 274)

LES GRANDS CHEMINS (Folio n° 311)

SOLITUDE DE LA PITIÉ (Folio n° 330)

RONDEUR DES JOURS (Folio n° 345)

NOÉ (Folio n° 365)

ENNEMONDE ET AUTRES CARACTÈRES (Folio n° 456)

L'OISEAU BAGUÉ (Folio n° 510)

PRÉLUDE DE PAN

Ceci arriva le 4 de septembre, l'an de ces gros orages, cet an où il y eut du malheur pour tous sur notre terre.

Si vous vous souvenez, ça avait commencé par une sorte d'éboulement du côté de Toussière, avec plus de cinquante sapins culbutés cul-dessus-tête. La ravine charriait de longs cadavres d'arbres, et ça faisait un bruit... C'était pitié de voir éclater ces troncs de bon bois contre les roches, et tout ça s'en aller sur l'eau, en charpie comme de la viande de malade. Puis il y eut cet évasement de la source de Frontfroit. Vous vous souvenez ? Cette haute prairie soudain toute molle, puis cette bouche qui s'ouvrit dans les herbes, et on entendait au fond ballotter l'eau noire, puis ce vomissement qui lui prit à la montagne, et le vallon qui braillait sous les lourds paquets d'eau froide.

Ces deux choses-là, ça avait fait parler ; on était dans les transes. Plus d'un se levait au milieu de la nuit, allait pieds nus à la fenêtre pour écouter, au fond de l'ombre, la montagne qui gémissait comme en mal d'enfant. On eut cependant un peu de paix. Mais les jours n'étaient pas dans leur santé ordinaire. À la lisière de Léchau une brume verte flottait ; il y en avait, de cette brume accrochée à tous les angles de la montagne comme si le vent était lourd d'herbes de mer. Du côté de Planpre ça sentait la gentiane écrasée ; un jour, il vint une fillette du garde qui apportait un beau champignon, plus large qu'un chapeau, et blême, et tacheté de noir comme une tête d'homme mort.

Tout ça, ça aurait dû réveiller notre méfiance et à vrai dire de tout ça on se méfiait, mais la vie est la vie, allez donc en arrêter l'eau, et on s'habitue à tout, même à la peur.

Le 4 septembre c'est notre fête votive. Une vogue, comme on dit. De mon jeune temps, ça réunissait trois ou quatre communes. On y venait de Vaugnières, de Glandages, de Montbran, on passait le col... À cette heure déjà on la faisait entre nous ; il n'y avait plus que les gens des fermes hautes qui venaient, les bûcherons des tailles, et les bergers qui, de cachette, entraient le soir au village pour boire le coup. Ils laissaient les troupeaux seuls sur les pâtures des Oches.

Comme je vous l'ai dit, il s'était fait un grand calme. Il y avait au-dessus de nous un rond d'azur étalé, tout net, bien propre. Sur le pourtour de l'horizon il y avait une épaisse barre de nuages violets et lourds ; elle était là, matins et soirs, sans bouger, toujours la même, écrasant le dos des montagnes.

— C'est pour les autres, qu'on disait.

— Ça doit tomber dans le Trièves.

— Ça doit faire vilain sur la Drôme.

Et malgré ça, on disait ça, mais on regardait ce rond de bleu qui pesait sur le village comme une meule.

Maintenant qu'on sait, on sait que c'était la marque, le signe, que nous étions marqués pour la chose, que par ce rond on avait voulu indiquer notre village et le faire luire au soleil pour le désigner au mal. Va bien ; nous, on était contents.

— Le temps s'est purgé avant. Vous verrez qu'il fera beau pour la fête.

— Tant vaut, pour une fois.

Le fils du charron allait à toutes les maisons avec une liste et on donnait, qui cent sous, qui trois francs pour que notre fête soit une belle fête et qu'elle ne nous fasse pas prendre honte. Près de l'école, il y avait, déjà, une baraque qui sentait le berlingot.

Il y eut pendant une nuit ou deux des bruits de ciel.

— Ça, si, quand même...

Mais non ; les matins étaient blonds d'herbe mûre, le vent sentait la flouve, il y avait ce rond de bleu plein de soleil qui nous trompait. La terre était chaude au pied et élastique comme un fruit.

Ce 4 de septembre, donc, on écarta les volets, et c'était le beau temps. Ceux du Café du Peuple avaient planté un mai devant leur porte, un jeune sapin tout luisant, et dans les branches étaient pendues l'écharpe rouge qu'on gagnait aux boules, l'écharpe bleue qui était le prix de la course des filles, et la taillole qui était le prix de la course des hommes et tout ça flottait dans un ruisseau d'air allègre, parfumé, joueur comme un cabri.

Ceux du Café du Centre avaient installé des tréteaux jusque sous l'Arbre de la Liberté. Le lavoir était plein de bouteilles qui fraîchissaient sous l'eau. L'épicier avait commandé à son cousin du Champsaur une caisse de tartelettes, et il était sur le pas de sa porte à les attendre, et il disait à ceux qui passaient :

— Vous savez, je vais avoir des tartelettes.

Et on pensait :

— Bon, ça fera bon dessert.

Apollonie attendait ses neveux du Trièves. Le frère d'Antoine devait venir des Coriardes avec toute sa famille. Les joueurs de boules du Trabuech s'étaient fait inscrire et c'étaient des forts… De Montama, ils venaient six, de Montbran, trois, et on savait que les bergers des Oches viendraient, mais on n'en disait rien.

Les premières vilaines figures qu'on vit furent les gens des Coriardes. Ils mirent le mulet à l'écurie, sans mot dire, en se regardant en dessous, et, sitôt après, le père souffla à Antoine :

— Il faudra que tu t'arranges pour nous faire coucher ce soir, on ne veut pas retourner à la nuit.

Puis :

— Fais-nous boire quelque chose de fort.

On leur demanda ce qu'ils avaient.

— Rien.

Et il leur resta du noir mystère dans les yeux pendant plus de deux heures.

Ceux du Trièves étaient mouillés.

— Il pleut, au col, et tout drôle…

Seulement, à ça, on n'y pensa vite plus. Il y eut, dans le ciel, comme une main qui écarta l'amoncellement des nuages, une petite brise coula qui sentait la reine des prés, le soleil s'étala sur la terre et se mit à y dormir en écrasant les ombres. Il ne resta plus de menace que du côté de Montama où les nuages étaient toujours luisants et sombres comme un tas d'aubergines.

Au Café du Centre, c'était plein à déborder. Dans la cuisine c'était un bruit de vaisselle et d'eau à croire qu'un torrent y coulait. On s'inondait de bière et de vin. Sur le parquet, quand on bougeait ses pieds, ça faisait floc dans de la mousse de bière et du vin répandu. Dehors il y avait du monde jusque dessous l'Arbre de la Liberté. La Marie allait au lavoir, elle s'emplissait les bras de bouteilles toutes ruisselantes d'eau fraîche, et elle apportait ça en frissonnant parce que ça lui mouillait les seins et qu'à la longue cette eau lui dégoulinait jusqu'au ventre.

Comme elle arrivait pour servir on lui pinçait les cuisses, on lui tapait sur les fesses, il y en a même qui s'enfonçaient à longueur de bras sous sa jupe.

— Ah, laissez-le, ça, que c'est chaud, elle disait.

De boire, il y en avait qui étaient déjà malades et qui chantaient « Pauvre Paysan ». D'autres sortaient vite du banc pour aller s'efforcer de la gueule dans un coin. Il y en avait qui riaient on ne sait pas de quoi, mais d'un rire ! et qui pissaient, tout assis, et qui reprenaient le sérieux en se sentant mouillés dans l'entrejambe, puis qui repartaient à rire et à boire. Au Café du Peuple, c'était pareil, sauf dans un coin, tout au fond, à une petite table où ils étaient, les trois du Trièves. Ils avaient passé le col le matin. C'est pas pénible en septembre, mais ils disaient :

— C'était drôle, oui, et pas naturel, et qui sait ?...

Ils avaient la pipe et de grands verres, et ils essayaient de faire passer l'inquiétude.

Le midi, ce fut une affaire pour tirer tout ce monde de là. On était en train de discuter la défaite de Polyte aux boules, avec mon Polyte tout sombre, au beau milieu, et qui mâchait ses moustaches. Vous parlez si on engueula les ménagères... Pour les jeunes, encore, ce fut facile. Ils s'étaient excité les mains sur les fesses des servantes ; rien que de sentir l'odeur de leur femme, ça les faisait dresser, mais pour les autres, il fallut en dire !

— Va gros sac ! — Viens donc ! — Tu t'es bien arrangé, déjà. Et des « À ton âge » et des « Tu es beau, va » et même des claques de l'homme à la femme et de la femme à l'homme, en famille, quoi.

Et de ceux qui répondaient :

— Va te coucher, vieille sangsue.

Et qui se levaient quand même et s'en allaient.

Enfin il y eut de nouveau du large et de

l'espace vide dans la rue et dans les deux cafés, et pendant qu'on dînait, il y eut aussi, dans le ciel, comme un oiseau, un épais silence, lourd et seul. Dans ce silence il n'y avait ni bise, ni bruit de pas, ni soupir d'herbe, ni bourdon de guêpes ; il était seulement du silence, rond et pesant, plein de soleil comme une boule de feu.

C'est au milieu de ce silence qu'un homme arriva, par le chemin de la forêt. Il venait dans l'ombre des maisons. Il avait l'air de se musser sous cette ombre. Il allait deux pas, puis il épiait, puis il faisait encore quelques pas légers en rasant les murs. Il vit notre peuplier. Alors il osa traverser une grande plaque de soleil et il vint vers l'arbre. Il resta là un moment à renifler. Il prenait le vent. Il avait le dos rond, comme les bêtes chassées. De sa main il caressait la vieille peau de notre arbre. À un moment il abaissa une branche et il mit sa tête dans les feuilles pour les sentir. Enfin, il s'avança jusqu'au Café du Peuple, il écarta le rideau et, doucement, il entra.

J'avais vu ça de ma fenêtre. J'allais déjà faire

ma sieste. La fête était peu de chose pour moi, j'étais seul à la maison, comme vous savez.

Maintenant, c'est d'après le dire d'Antoine qui le servit.

Il était maigre et tout sec ; sans âge. Il était sans veste, en chemise de fil bleue comme le ciel ; il en avait retroussé les manches et on voyait ses coudes plissés et noirs comme des blessures de branches sur un tronc. Il avait du poil sur la poitrine comme un chien de berger.

Il demanda de l'eau. Pas plus. Et il dit :

— Je payerai.

Une fois dit, ça n'avait pas l'air qu'on puisse aller contre. On lui donna son eau. Il la voulut dans un baquet.

Antoine m'a raconté :

— Je suis allé dans la cuisine et j'étais tout intrigué. Je n'ai rien dit à ceux du Trièves qui mangeaient là ; je n'ai rien dit à la femme mais je l'ai regardé par un accroc du rideau. Il a bu à même la seille comme les bêtes. Puis il a tiré de sa poche trois pommes de pin, il les a dépouillées sur la table, il s'est mis à croquer les graines. Il les prenait à la pointe de ses ongles, il les broyait du bout des dents. De là où je le regardais, il semblait un gros écureuil.

Le repas de midi ça dura des heures parce qu'on avait préparé toutes les viandailles de la création. D'abord on avait sorti le saucisson du pot à huile, et il était là, dans l'assiette, blanc et gras comme une grosse chenille. On avait mis à cuire le coq à l'étouffée, et les lapins au sang. On avait tué des chèvres. Ça sentait partout la viande écrasée et l'herbe morte. On avait bu des vins… Celui des côtes, celui des pierrailles, un de deux ans…

— Celui-là, que t'en dis ?

— Collègue ! …

Du vieux vin à la bouteille de fine, il n'y a qu'à étendre la main, même sans chandelle, et c'est là, tout de suite. On en faisait descendre. C'est là toute la fête chez nous. On se fourrait dans la bouche de grands morceaux de blanc de coq qui pendaient au bout des fourchettes comme des lambeaux d'écorce de frêne.

À la fin, dans les maisons, ça sentait toutes les odeurs, sauf les bonnes.

Il pouvait être dans les trois heures et demie quand l'homme, ayant fini son repas, se dressa. Il paya.

Antoine ne voulait pas de sous pour de l'eau. L'homme dit :

— Pour le coin de ta maison où je me suis assis.

Et il le força à prendre une pièce. Mais, comme il allait pour sortir, voilà toute l'équipe à Boniface qui arrive, et qui bouche la porte, et qui entre en se bousculant, avec des : « Salut, la compagnie ! » parfumés au saucisson.

Dans cette équipe, il y a tout ce qui se fait de plus gros en fait de bûcheron.

L'homme essaya bien un peu de passer entre eux, puis il recula dans son coin d'ombre et tous les gros autres s'étant installés au beau milieu, il n'osa plus.

Il était, paraît-il, comme une bête prise au piège ; il tournait la tête de tous les côtés pour chercher à s'en aller. Son beau regard affolé suppliait.

Enfin, tout ça, c'est le dire d'Antoine et, peut-être, son souvenir est tout brumeux de ce qui a suivi.

Donc, l'homme se renfonça dans son coin, où il y avait de l'ombre, et le café recommença à s'emplir.

Moi, c'est à peu près à ce moment-là que je me levai de ma sieste, et je me souviens que mon premier travail fut d'aller à la lucarne du grenier pour voir le ciel. Le bleu s'était rétréci. En plus de ce qui était entassé sur Montama, et qui demeurait toujours immobile et sacrément dur, il y avait deux ou trois mauvais nuages qui pointaient au-dessus de la montagne pour voir ce que nous faisions.

— Ça passera pas le soir, je me dis.

Et de fait...

Enfin, pour moi, levé sur ces quatre heures de tantôt, il n'y avait qu'une chose à faire : aller chez Antoine, ou chez le « Centre », bien entendu, mais c'est la même chose.

Comme ça, je suis arrivé que c'était déjà commencé.

En approchant je me dis :

— On se dispute.

On entendait gueuler le Boniface.

J'entrai :

Ils étaient tous tournés vers le fond de la pièce ; vers une chose que l'ombre délivra un peu de temps après, et qui était l'homme. Il émergea de l'ombre comme d'une eau, je ne sais pas si ce fut l'effet du jour qui tournait autour du village et venait un peu d'aplomb ou si la force de cet homme rayonnait de lui en délayant l'ombre, le fait est que je le vis, tout à coup. Il était debout, très triste, accablé par une grande pensée qui teignait ses yeux en noir. Sur son épaule s'était posée une colombe des bois. Et c'est à ces deux-là, à lui et à la colombe que le Boniface tout perdu de vin en avait.

Il paraît que ça avait débuté drôlement. D'abord, il faut dire : toute cette équipe de gros hommes, les bûcherons de la taille 72, là-haut près du Garnezier arrivaient tout droit des hauts bois après plus de cent jours de campements solitaires. Ils venaient de vivre plus de cent jours, je vous dis, avec comme compagnons le ciel et les pierres. La forêt, ça n'était pas leur compagne : ils l'assassinaient. Ce qu'il faut faire pour vivre quand même ! Cette amitié qu'ils étaient forcés d'avoir pour le grand ciel tout en acier, pour l'air dur, pour cette terre froide comme de la chair de mort, ça leur mettait au cœur le désir d'embrasser les arbres comme des hommes et voilà qu'ils étaient là, au contraire, pour les tuer. Je vous explique mal, que voulez-vous ? … C'est un peu, sauf votre respect, comme si vous qui aimez Berthe, je le sais, et elle le mérite, on vous obligeait pour vivre, à la tuer elle, et à faire des boudins avec son sang. Excusez-moi, c'est pour dire, mais vous comprenez maintenant.

Alors, pour en revenir à ces gars, ces choses contenues de leur désir et de leur amour, ça se changeait en méchancetés contre les gens et les bêtes. Ils étaient là, avec leurs barbes comme de la mousse, avec leurs gestes habitués à l'espace de l'air et qui étaient plus larges que les nôtres. Le Boniface avait apporté dans la poche de sa veste de velours cette petite colombe des bois. Il s'était mis dans la tête, là-haut, de l'apprivoiser, et comme chaque fois qu'il la lâchait elle jaillissait dans la cabane, renversait la chandelle et volait comme une folle contre le mouchoir de la fenêtre, il lui avait cassé une épaule.

Oui.

Vous voyez ça ?

C'était déjà pas mal ; et il avait fait ça à jeun, de son libre propos, avec ses grosses mains qui sont comme des feuilles de bardane. Oui, il avait serré l'oiseau gris dans sa grosse main et il avait tordu l'aile jusqu'à entendre craquer les os. Que voulez-vous ? …

Donc, elle était là, la pauvre bestiole, toute estropiée, à traîner son aile comme un poids mort ; elle était là, avec cette chose morte qui lui pesait. Comme ça, il lui avait enlevé d'un seul coup tout le ciel, tout le bon d'aller dans le vent à la vitesse de l'air… Elle était là, à se traîner sur la table dans de la dégueulure de vin.

Lui, étalé sur sa chaise avec son ventre plein qui débordait du pantalon, il riait. Il riait et il regardait cette pauvre petite chose. Il avait appesanti sa force sur ça, et d'une bulle de plume il en avait fait cette petite pelote toute gauche, qui boitillait contre les verres, qui était là à se traîner en gémissant. Quand elle s'éloignait de lui, il la giflait d'un revers de main, et il la renvoyait comme une balle au milieu du vin répandu. Et alors l'oiseau essayait d'ouvrir ses ailes, et la plaie de son épaule se déchirait, et il avait alors un long cri pour se plaindre, et il restait longtemps le bec ouvert, tout tremblant et la tête éperdue.

Comme ça faisait trois fois, l'homme du fond dit :

— Laisse cette bête.

De saisissement d'entendre parler dans un coin où il croyait qu'il n'y avait personne, ou bien d'autre chose, le Boniface se tourna. Et la colombe avait été touchée par cette voix, aussi. Et cette voix, ça avait dû être un peu d'espoir pour elle. Et, elle devait la connaître d'instinct, parce qu'aussitôt, il paraît, la voilà qui se ramasse, la voilà qui supprime son mal d'un coup de volonté, la voilà qui tend brusquement la voilure de ses plumes, et dans un roucoulis elle s'élance vers la voix. Elle était toute sale de vin. On l'entendait, là-bas, contre l'homme, elle râlait de joie et on entendait aussi l'homme. Il parlait à la colombe. Il lui parlait le langage des colombes et la colombe lui répondait de sa voix triste.

— Qui c'est, celui-là ? demanda Boniface.

Le café était maintenant plein de monde, mais personne ne savait qui c'était, celui-là.

C'est à ce moment-là que j'entrai. C'est à ce moment-là, aussi, qu'un de ces nuages de tout à l'heure, bien blanc, tout massif comme un galet, passa au-dessus du village réfléchissant le soleil. Un jet de lumière éclata sur les vitres de la fenêtre. Le fond du café s'éclaira ; on vit l'homme.

— Fiche-nous la paix, toi, garçon, et rends-moi ma bête, dit Boniface en tendant sa main.

L'homme avait la colombe sur son épaule. Il se tourna vers elle et lui parla dans le langage des oiseaux. Il soupira. La large main de Boniface était toujours tendue de son côté.

— Allons…

— Je la garde, dit l'homme.

— Ça ! … eut seulement le temps de dire Boniface tant il était comme écrasé par le sang-plan de l'homme, ça alors ! … et il se dressa en faisant craquer la chaise.

Il était dans notre salle à boire, debout comme un tronc de chêne.

Et il resta comme ça, parce que l'autre continuait, de sa petite voix tranquille. Cette voix, dès entendue, on ne pouvait plus bouger ni bras ni jambes. On se disait : « Mais, j'ai déjà entendu ça ? » et on avait la tête pleine d'arbres et d'oiseaux, et de pluie, et de vent, et du tressautement de la terre.

— Je la garde, disait l'homme. Elle est à moi. De quel droit, toi, tu l'as prise, et tu l'as

tordue ? De quel droit, toi, le fort, le solide,
tu as écrasé la bête grise ? Dis-moi ! Ça a du
sang, ça, comme toi ; ça a le sang de la même
couleur et ça a le droit au soleil et au vent,
comme toi. Tu n'as pas plus de droit que la
bête. On t'a donné la même chose à elle et à
toi. T'en prends assez avec ton nez, t'en prends
assez avec tes yeux. T'as dû en écraser des
choses pour être si gros que ça… au milieu de
la vie. T'as pas compris que, jusqu'à présent,
c'était miracle que tu aies pu tuer et meurtrir
et puis vivre, toi, quand même, avec la bouche pleine de sang, avec ce ventre plein de
sang ? T'as pas compris que c'était miracle que
tu aies pu digérer tout ce sang et toute cette
douleur que tu as bus ? Et alors, pourquoi ?

On était tous comme des bûches mortes
alignées au bord du chemin.

— Il est fou celui-là, dit Boniface.

— Non, il n'est pas fou, redit l'homme,
c'est toi qui es fou. N'est-ce pas folie que de
meurtrir ça, vois !

Il prit délicatement la colombe sur son
épaule. Il avait des gestes doux, avec elle. Elle
était là, dans ses mains à roucouler tout gen-
timent. Et il déploya la pauvre aile morte, et

il la faisait voir à tous, ballante, sans vie, comme une chose retranchée du monde. Et nous, nous avons fait alors : Oh ! Oh ! tous ensemble. Et ça n'était pas à la gloire de Boniface.

— Encore une fois, qu'il fait le gros, tu me la rends, ma bête ?

— Je t'ai dit : non. Je la garde. Tu t'en sers trop mal.

Alors on les regarda, parce que, Boniface, on le connaît. C'est pas un trop mauvais garçon, mais quand on le bute, quand on y va trop par le revers, ma foi, il n'est pas le dernier à sortir ses poings. Et on pensait : il est allé un peu fort, l'étranger.

Antoine parut sur le seuil de la cuisine.

La salle à boire n'est pas très grande ; d'un pas, Boniface pouvait être au fond. Il fit ce pas, il dressa son bras qui était comme une branche maîtresse, son poing au bout comme une courge...

Et il resta, comme ça, le bras en l'air.

L'homme avait replacé la colombe sur son épaule. Il avait eu pour elle un petit murmure, comme pour lui dire : n'aie pas peur, reste là. Et il avait tourné vers nous sa face de chèvre avec ses deux grands yeux tristes allumés. Il resta un moment à réfléchir, l'œil sur nous. Puis il se décida.

— Autant dire qu'il faut vous enseigner encore un coup la leçon, fit-il. Peut-être que dans le mélange vous retrouverez la clarté du cœur.

Il pointa lentement son index vers Antoine et il lui dit :

— Va chercher ton accordéon.

Comme ça.

Et c'était, autour, le grand silence de tous, sauf dehors, où la fête continuait à mugir comme une grosse vache. Et, pour moi qui étais là, je peux vous dire, c'était exactement comme si j'avais eu la bouche pleine de ciment en train de durcir, et pour les autres, ça devait être pareil, et pour Boniface aussi. Personne ne fit un geste, même pas des lèvres. Il y avait sur nous tout le poids de la terre.

On entendait au-dessus du café le pas d'Antoine qui allait chercher son accordéon dans sa chambre, puis ce fut son pas dans l'escalier, puis le voilà.

Il était là, avec l'instrument entre ses mains. Il était prêt. Il attendait le commandement.

— Joue, lui dit l'homme.

Alors il commença à jouer. Alors, ceux qui étaient près de la porte virent arriver les nuages.

Le gros Boniface laissa retomber lentement son bras. Et en ce même moment il levait la jambe, doucement dans la cadence et l'harmonie de la musique qui était plus douce qu'un vent de mai. Pourtant ce que l'Antoine était en train de jouer c'était toujours la chose habituelle : le « Mio dolce amore » et sa salade de chansons qu'il inventait ; mais ça avait pris une allure…

Puis, Boniface leva l'autre jambe, et il arrondit ses bras, et il se dandina de la hanche, puis il bougea les épaules, puis sa barbe se mit à flotter dans le mouvement. Il dansait.

Il dansait là, en face de l'homme qui ne le quittait pas des yeux. Il dansait comme en luttant, contre son gré, à gestes encore gluants. C'était comme la naissance du danser. Puis, petit à petit, toute sa mécanique d'os et de muscles huilée de musique prit sa vitesse, et il se mit à tressauter en éperdu en soufflant des han, han, profonds. Ses pieds battaient le plancher de bois, il se levait sous ses pieds une poussière qui fumait jusqu'à la hauteur de ses genoux.

On était là, comme écrasés, à regarder. Pour moi, je n'étais plus le maître ni de mes bras, ni de mes jambes, ni de tout mon corps, sauf de ma tête. Elle, elle était libre ; elle avait tout loisir de voir monter l'ombre de l'orage, d'entendre siffler le vent du malheur. Pour les autres, je crois, c'était la même chose. Je me souviens. On avait été tous empaquetés ensemble par la même force. Le plus terrible, c'était cette tête toute libre, et qui se rendait compte de tout.

D'un coup, du moment où l'homme était devenu le chef, nous avions tous eu le regard tiré vers lui, et nous ne pouvions plus l'en détacher. Il avait une maigre barbe en herbe sèche, longue, et toute emmêlée. Dessous on voyait qu'il n'avait presque pas de menton. Il avait un long nez droit et large, et un peu plat en dessus. Il lui partait du milieu du front et descendait jusqu'à sa bouche. Sa belle lèvre était charnue comme un fruit pelé. Il avait de beaux yeux ovales, pleins de couleur jusqu'au ras des cils, sans une tache de blanc mais huileux comme les yeux des chèvres qui rêvent. Il en coulait des regards qui étaient des ruisseaux de pitié et de douleur.

Maintenant le Boniface sautait comme un arbre en proie au vent. Et tous, on débordait du désir d'être avec lui, hanche à hanche. On attendait l'ordre.

Il vint dans un de ces regards qui passa sur nous comme un pinceau, et chacun prit sa forme. Il alla d'abord sur André Bellin, de l'équipe, et, dès touché, le voilà levé et parti en danse. Puis sur le Jacques Regotaz, puis sur le Jean Moulin, puis sur le Polyte des Coriardes qui depuis le début répétait à voix basse :

— Voilà, voilà, voilà…

… sans qu'on sache pourquoi. Puis sur les deux du Trièves, puis sur un des Oches, puis sur l'Amélie, la serveuse. Puis, à ce moment-là il éclata un coup de tonnerre comme un écrasement, et le regard vint sur moi, je fus touché comme par une balle de fusil, et envoyé en pleine danse sans savoir. Et puis les autres, et puis les autres…

Ça virait, ça tournait.

On avait de la poussière jusqu'au ventre, et la sueur coulait de nous comme de la pluie, et c'était sur le parquet de bois un tonnerre de pieds, et on entendait les han, han, du gros Boniface, et les tables qui se cassaient, et les chaises qu'on écrasait, et le verre des verres et des bouteilles qu'on broyait sous les gros souliers avec le bruit que font les porcs en mangeant les pois chiches et il y avait une épaisse odeur d'absinthe et de sirop qui nous serrait la tête comme dans des tenailles.

À dire vrai, dans tout ça, l'Antoine n'était pas pour grand'chose. Au milieu de tout ce vacarme, on n'entendait plus sa musique. Elle était perdue, dans tout ça. On le voyait seulement, au hasard des virevoltes, qui brassait son instrument avec la rage qu'on mettait, nous autres, à danser. Ça n'était donc pas la musique qui nous ensorcelait, mais une chose terrible qui était entrée dans notre cœur en même temps que les regards tristes de l'homme. C'était plus fort que nous. On avait l'air de se souvenir d'anciens gestes, de vieux gestes qu'au bout de la chaîne des hommes, les premiers hommes avaient faits.

Ça avait ouvert dans notre poitrine comme une trappe de cave et il en était sorti toutes les forces noires de la création. Et alors, comme maintenant on était trop petit pour ça, ça agitait notre sac de peau comme des chats enfermés dans un sac de toile. C'est raconté à ma manière, mais je n'en sais pas plus ; et puis, c'est déjà bien beau de pouvoir vous le dire comme ça, tiré du mitan de cette chamade.

La colombe s'était posée sur l'épaule de l'homme. Elle caressait du bec son aile malade.

On dansait, comme ça, depuis, qui sait ? On ne sait pas.

Et, tout d'un coup, je sentis monter au fond de moi comme une fureur ; l'abomination des abominations.

L'homme s'avança vers nous. On lui laissa le passage. Il alla à la porte, il écarta le rideau, et il sortit. Alors, comme un bœuf qu'on tire par le front, Antoine se dressa et le suivit. Et nous, on se mit à avoir le désir de suivre aussi et, l'un après l'autre, la danse nous lança de-

hors, dans le village, comme des graines. Le
jour était couleur de soufre. Il cuisait sous le
couvercle d'un gros orage. L'horloge sonna
six heures du soir.

L'homme était assis sur la margelle de notre
fontaine. Avec sa main il prenait de l'eau dans
le bassin, et il faisait boire la colombe.

Mais, la fête !

Depuis les écoles jusqu'à l'Arbre de la Liberté la rue était pleine de gens ivres de notre
ivresse. Ça tournait, ça fluait, ça battait les murs
comme les remous d'une eau. C'était comme
une eau d'hommes, de femmes et d'enfants
mélangés, et ça dansait jusqu'à la perdition des
forces. On avait, là, au nœud des hanches et au
nœud des épaules, comme une main qui s'ap-
puyait et qui forçait. De temps en temps, une
porte s'ouvrait, une maison lâchait dans la danse
sa ménagère avec encore la cuillère à pot dans
la main ou la bûchette pour garnir le poêle ; ou
bien une fille qui venait d'être arrachée à sa toi-
lette, en jupon par le bas et en chemise par le
haut et qui tournait tout de suite au milieu de
nous, en levant ses bras, en montrant les grosses
touffes de poils roux de dessous ses bras. Il vint
comme ça la Thérèse et le fils Balarue, mariés

de la veille au soir et qui ne s'étaient même pas levés depuis. Oui, ces deux-là arrivèrent nus et déjà tout suants avec la chair mise à vif par leurs caresses. Et ça entrait dans la pâte que l'homme pétrissait par la seule puissance de ses yeux, et ça entrait dans la pâte du grand pain de malheur qu'il était en train de pétrir.

Maintenant, tout le village était dans la transe. Il n'y avait plus de tables, plus de tréteaux, plus de bouteilles. La baraque aux berlingots, arrachée de ses pieux, avait flotté un moment sur nos têtes avec sa toile dressée comme une voile de barque ; puis elle était tombée sous nos pieds. On dansait parfois dans de la pâte à berlingots, et c'était dur à lever les pieds, alors. On dansait dans du vin, dans de la bière, dans de la pisse qu'on laissait aller, tout droit, sans réfléchir, dans le pantalon ou dans la jupe. Des fois, je passais à côté de Boniface et j'entendais ses han, han, d'autres fois j'étais du côté de Polyte qui répétait toujours : Voilà, voilà ; et d'autres fois, j'étais avec des filles qui avaient les cuisses en sang, et j'avais les oreilles souffletées par leurs gémissements d'herbes perdues.

Un large éclair voleta sur nos têtes comme un oiseau.

Alors la porte des écuries éclata. Il se rua sur nous les mulets et les chevaux, et les poulains, et les ânes entiers qui étaient tous en chaleur.

Alors, les poulaillers s'ouvrirent comme les noix, et on recevait dans les figures des poules et des coqs fous qui se cramponnaient de leurs ongles dans la peau de nos joues, des pigeons qui tombaient sur nous comme de la neige, et l'air bouillait de toute cette oisellerie. Du fond de la vallée, toutes les hirondelles qui s'étaient amassées durant les jours d'avant en vue du départ, du fond de la vallée toutes les hirondelles jaillirent des saules et des buissons, et des prés chauds. C'était dans le ciel comme un grand fleuve du ciel. Il tourna un moment puis il se vida sur nous, et ce fut une pluie d'hirondelles, et on ruisselait d'hirondelles, on en était plein, on en était lourd, on en était inondé et écrasé comme sous une chute d'eau.

Alors, toute la verdure de la montagne se mit aussi à bouillir comme une soupe. Tout ce que la forêt avait de bêtes se mit à suer

d'entre les arbres et les herbes. Ça dévalait sur
les pentes comme un éboulement, comme un
écroulement de boue. C'était serré, ventre à
ventre, dos à dos, le poil contre le poil, le poil
contre l'écaille. Il y avait les blaireaux, les
renards, les sangliers, un vieux loup, les écu-
reuils, les rats d'arbre, les couleuvres qui sem-
blaient des branches vivantes, les poignées de
vipères et de vipereaux. Il y avait les aigles et
les gélines, et les perdrix, et les grives vété-
ranes. Il y avait une hase, je me souviens, qui
bondissait, toute seule, au bord, dans l'herbe ;
et chaque fois qu'elle sautait, on voyait un petit
levraut, gros comme le poing, pendu à une de
ses tétines, et qui ne lâchait pas le morceau.
Il y avait un vieux cerf, noble et dur d'œil
comme un monsieur et qui était couvert de
lichen parce qu'il habitait les hauts parages du
Durbonas.

Il y avait, qui voletaient au-dessus de cette
masse de bêtes, les chauves-souris des abîmes.
Et elles volaient par bonds, en déployant leur
grande peau velue et elles avaient des jambes
à déclic, comme les sauterelles. Elles retom-
baient et on les entendait crier avec des voix
de jeunes femmes. Il y avait les lourds cor-

beaux comme chargés de nuit et qui nageaient dessous l'orage.

En entrant dans le village le loup se coucha contre la porte du Café du Centre. Avec son épaisse langue rouge il léchait ses pattes blessées par les épines.

Je les vis arriver.

Il vint aussitôt la pluie et la nuit. La pluie, dure et serrée à croire que c'étaient des blocs de ciel qui tombaient sur nous. La nuit, et alors, cette abomination qui me remplissait éclata autour de moi comme un soleil.

J'ai dansé, cette nuit-là, avec la jument de François, et j'ai embrassé sa bouche aux dents jaunes, et, à vous en parler, j'ai encore un goût de foin mâché sur la langue. J'ai vu les hommes qui venaient aux bêtes avec des mains tendues. J'ai senti qu'on me touchait. J'ai envoyé la main. J'ai senti du poil, j'ai compris que c'était le cerf. Lui, il a vu que j'étais un homme ; il s'est tourné vers ma gauche, et là c'était Rosine, la fille du garde forestier.

Et voilà que du côté des Oches, la terre était

blanche de moutons et les gros béliers étaient
en tête, et toute cette laine éclairait la nuit
comme la lumière de la lune.

Alors il est venu un bel éclair qui est resté
suspendu dans le ciel comme une lampe.

*

On se réveilla, au matin, dans un village qui
suintait toutes sortes de jus, et qui puait
comme un melon pourri. J'étais vautré dans du
crottin de cheval ; il y avait, un peu plus loin, la
grosse Amélie, comme morte, la jupe en l'air,
le linge arraché, et qui montrait tout son avoir.

Mais on ne connut tout notre malheur que
plus tard. Déjà on savait que l'Anaïs avait sur
elle une odeur qui ne voulait pas partir, et qui
la rendait folle. La jument de François creva
d'un mal nouveau. Ça la tenait dans le ventre ; on le lui ouvrit, pour voir. Elle y avait
comme une grosse motte de sang toute vi-
vante et qu'on étouffa sous le fumier. Enfin,
la Rosine accoucha. Ce qu'elle fit, on alla le
noyer, de nuit, dans le torrent, et la sage-
femme d'Aspres resta plus de six mois malade.
« J'ai toujours ça devant les yeux », elle disait.

L'homme s'en était allé vers la Provence. Il y est entré par la route du nord, par le couloir de Sisteron. On le sut d'un valet qui vint se louer aux Chauvines. À peu près à l'époque, il gardait les moutons du côté de Ribiers. Un matin, il était couché dans les herbes, il entendit un petit ramage dans la troupaille. Il dressa la tête. Il vit près des barrières un homme qui avait un oiseau sur l'épaule. L'homme parlait aux moutons avec une voix de mouton.

— Moi, nous dit-il, quand j'ai vu ça, je me suis recouché sous mon manteau et je n'ai plus bougé.

Oui, l'homme est entré en Provence, et l'amoncellement des nuages le suivait. Puis, là-bas aussi le temps est revenu vers le clair. Mais, j'ai un cousin qui habite la montagne de Lure, et qui m'a dit...

CHAMPS

Souvent, je m'arrêtais devant ce courtil sauvage. C'était dans le pli le plus silencieux des collines.

Le toit pointu du bastidon dépassait à peine les broussailles. Un immense lierre noir, ayant crevé la porte, gonflait entre les murs ses muscles têtus. Sa chevelure pleine de lézards débordait des fenêtres. Le jas était d'orties sèches et de chardons couvert. Autour, s'ébouriffait le poil fauve de la garrigue et la forte odeur de cette terre hostile, qui vit seule, libre, comme une bête aux dents cruelles.

Soupirs sourds, vêture, couleur des jets nerveux de l'herbe, toute la colline chantait l'âpre harmonie du désespoir ; il me semblait, chaque fois, qu'il en allait soudain jaillir le beuglement terrible d'un dieu.

Les pluies de saison m'obligèrent à rester dans les aimables olivettes du bord de ville ; je profitai d'un jour de beau temps pour m'enfoncer dans le ciel des collines.

Le bastidon était maintenant net. Le lierre, mort ; ses tronçons brûlaient lentement sur un bûcher de gineste. Aux claquements secs d'un sécateur, je tournai la tête : l'homme taillait le laurier.

Je l'appelai et demandai de l'eau.

— Mon bon monsieur, je ne puis guère vous donner d'eau ; j'en ai à peine un doigt, là-haut, dans la citerne abandonnée que j'ai ouverte, et encore, épaisse, verte et qui ne vous agréerait pas. Mais s'il vous plaît passer cette baragne de ronces et vous poser une briguette, j'irai vous quérir un raisin.

Sa bouche, on l'aurait dite fleurie d'un brin d'hysope qu'il mâchait.

L'homme était fait pour cette terre.

Il avait seulement les yeux dorés, très doux,

et une grande barbe qui moussait en bulles noires ; le petit poirier agonisant au milieu des broussailles avait encore deux feuilles de la couleur de ces yeux.

Je revins maintes fois le voir.

À coups de bêche et aidé du vieux feu, il avait repoussé la garrigue jusqu'à l'autre bord du val. La terre déblayée était désormais prête à recevoir la semence d'amour. Il semblait que sur cette place nette, il avait, avec ses pieds lourds, dansé la longue danse de l'ordre.

Au printemps, il y eut une dernière lutte entre l'homme et la garrigue. Elle avait sournoisement préparé son attaque par de lentes infiltrations de radicelles et des volées de graines blondes. Un matin, il trouva sa terre couverte d'asparagus insolents, noueux et lustrés, il comprit qu'il s'agissait de régler le compte une fois pour toutes. La bataille dura tout le jour malgré la chaleur précoce. Il faisait déjà nuit quand il se redressa et essuya son front. Il était désormais le vainqueur. Et je connus, le lendemain, qu'il avait eu sur la sauvage lande, une victoire qu'il voulait définitive en voyant de quelle féroce façon il avait décimé les jeunes chênes et poussé les vagues du feu jusque dans le cœur épineux du bois.

Le ciel dur, la colline, l'étouffant soleil étaient d'une cruauté inouïe ; il me dit :

— Aujourd'hui, je n'ai pas envie de travailler, je ne me sens pas bien, restez un peu avec moi ; attendez le soir.

C'était la première fois qu'il désirait ma présence.

Puis, sans transition :

— Je suis des Alpes : Saint-Auban-d'Oze. Un beau pays ! Au fond de la vallée, la route est allongée entre deux allées de peupliers. Le dimanche, il y passe des filles qui vont au bal, en bicyclette, avec le guidon chargé de dahlias rouges et jaunes. La nuit, nous dormons dans la grande voix du torrent.

« Ma maison est la dernière du village, du côté de Gap. Elle est paisible ; il n'y a pas de cabaret en face. Mais la procession des pénitents bleus ne vient jamais jusque-là, les jours de fête ; quand on danse sous le noyer de la

place on n'entend pas la musique, et alors, elle
est peut-être trop paisible.

« Ce que je vous dis là, je l'ai compris après
l'histoire. Mais, asseyons-nous sous le laurier.

« En été, j'attelais le mulet et nous allions à
« la terre ». Un petit morceau en pointe et trois
saules. Vous ne pouvez pas savoir : il n'y a rien
de plus beau au monde que les peupliers de là-
haut dans le soleil du matin et le vent. J'étais
assis devant la charrette, ma femme derrière.
Quand je me tournais vers elle, elle « me riait ».
« En arrivant, je coupais des roseaux secs et
nous faisions un lit pour la Guitte, je ne vous
ai pas dit : une belle petite que nous avions,
grasse, rose, avec des cuisses...

Il s'arrêta.

— Quand on est si heureux, on devrait se
méfier ; seulement, voilà, on ne s'en aperçoit
jamais sur le moment.

« J'avais mes soucis, comme tout le monde, mais je n'étais pas de gros désir. Je possédais quelques écus de côté au « Crédit ». Je voulais acheter un tilbury, une idée à moi. À force de voir ma femme branler sur un mauvais tape-cul, j'avais pris l'envie de l'installer sur les coussins d'une voiture un peu plus pomponnée. Ça non plus, ce n'était pas un gros désir.

« Vint l'année où le torrent enfla. Il mangea pas mal de terre et la « commune » eut l'idée de faire construire une digue contre la plus forte branche des eaux.

« Ce fut un entrepreneur de Couni qui eut l'adjudication, il amena ses maçons piémontais.

« Saint-Auban n'est pas un gros village : vingt maisons perdues dans les châtaigniers. Il y passe un voyageur tous les dix ans. Il n'y a pas d'auberge.

« Cette idée du tilbury me tenait. Je dis à la femme :

« — Si nous prenions un pensionnaire ? Où deux mangent mangeront trois. Un peu plus de choux dans la soupe…

« Elle voulut.

« Celui qui vint se présenter était un nommé Djouanin du Canavèse. Un grand, comme tous ceux qui viennent du « de là ». Il portait de larges braies bleues, des chemises de couleur et un feutre à grands bords planté de biais sur ses cheveux frisés.

« Je l'avais rencontré quelquefois au bureau de tabac. Il me plaisait. Il ne se saoulait pas. Quand il riait on sentait qu'on allait bientôt rire avec lui. Il marchait lentement comme si ses espadrilles avaient été très lourdes. Au village, on l'appelait : le préfet. Je vous explique mal, mais, je ne pourrais même pas vous dire la couleur de ses yeux (ça a pourtant duré six mois). Près de lui, j'étais heureux ; je n'ai jamais su pourquoi.

« Il payait tous les samedis, recta. Une fois il avait dit :

« — Patron, j'ai mis quarante sous de plus dans le compte, vous achèterez un fichu à la bourgeoise ; elle fait de la bonne soupe.

« Pour le 4 de juin, nous fêtions l'anniversaire de la petite. J'avais attendu le colporteur sur la route et achevé un bavolet avec des rubans bleus. Elle était brune. Djouanin arrive avec un hochet d'os, une boîte de dragées et une bouteille de vin cacheté.

« Ce fut de ce soir-là que je commençai à souffrir.

Il regarda le soleil, puis l'arête ouest de la colline :

— C'est votre heure, dit-il, si vous voulez arriver avant la nuit.

Deux jours après, je vis que le grand roncier avait jeté sur la terre nette une épaisse

tentacule aux feuillages écailleux. Je pensais le
trouver la main à la bêche. Il était assis sous le
laurier.

— Je vous attendais !

Et, avec la même brusquerie qu'au jour
passé, il continua son récit. Il y avait une
grande brèche en lui, par laquelle les souve-
nirs coulaient.

— ... La Guitte n'avait pas voulu dormir.
Assise sur sa chaise haute elle s'amusait à taper
sur la table avec sa cuiller. Nous avions bu
une bouteille. La femme dit :

« — Djouanin, chantez-nous un peu la
chanson de l'alouette. Puis, comme il se dres-
sait : « Attendez qu'on vous voie. » Et elle re-
leva l'abat-jour de son côté...

« C'était une chanson piémontaise. Sa voix
me donnait la chair de poule ; la petite restait
tranquille.

« Je vous disais, l'autre jour, que je ne
connaissais pas la couleur de ses yeux ; c'est
vrai. Même cette fois-là, je le regardais sans le
voir. J'étais dans l'ombre. Je pensais : « On di-
rait que tu es effacé de cette chambre. » Il n'y
avait vraiment que Djouanin debout dans la
lumière, la femme qui le buvait des yeux et

mon bébé tout saisi tenant en l'air sa petite cuiller.

« Vous n'avez jamais reçu de coups de couteau ? Excusez-moi. Je vous demande, pour pouvoir vous expliquer ce que j'ai ressenti ce matin où, la charrette allant à l'accoutumée le long des peupliers, je me tournai vers ma femme et la vis, rêveuse, qui fixait le haut des montagnes en chantonnant la chanson de l'alouette.

« Sur le coup, pas de douleur. Je sentais seulement quelque chose qui s'en allait de moi, laissant un grand froid à sa place. La souffrance vint durant l'après-midi.

« En entrant à la maison, j'allai droit à la chambre et j'ouvris le tiroir de la commode. La boîte de dragées était là. Sur le couvercle, il y avait le nom d'un confiseur de Gap, et, dans la boîte, la femme avait mis ses petits mouchoirs du dimanche et un épi de lavande...

« Mais, sous les mouchoirs, était une rose blanche en train de sécher, et je connaissais dans le pays qu'un seul rosier blanc : à la villa d'Oze, près du chantier de Djouanin.

« Oh ! J'étais devenu très sensible. Un de
mes grands-pères, aveugle, taillait quand même
sa vigne. Rien qu'au toucher, il distinguait le
bourgeon-feuille du bourgeon-fruit.

« Dans l'après-midi, m'était venue l'idée
que cette boîte venait de Gap, et les bouteilles, et le hochet d'os. Comment avait-il su
que ce soir-là nous allions fêter la Guitte ? Et
surtout, quelques jours avant ? Car il y a un
bon bout de route de Saint-Auban à Gap.

« Puis, les quarante sous pour le fichu ? Et
tant d'autres choses qu'on ne peut pas dire
mais qu'un mari connaît bien.

« Le dimanche, la femme s'asseyait devant
la porte avec les voisines. Près d'elles, j'affûtais
ma faux ou tressais des paniers. Djouanin jouait
aux boules.

« « Le préfet ! »
« Il avait défié les plus forts, et des cris, et

des « porca madona ! » mais il gagnait. Quand la partie était aux dernières « mènes » il jetait le but vers nous pour se rapprocher.

« Il se trouvait toujours du côté où les abat-jour étaient relevés.

« J'avais encore la Guitte pour moi. Chez nous, on dit que les filles c'est fait avec le sang du père. J'avais besoin de sourires. La pauvre me les donnait.

« J'irai vite. De cette souffrance-là, je ne suis pas encore guéri. Il sut trouver les jeux et les chatouilles qu'il fallait. La petite tendait les mains vers lui et pleurait quand je voulais la retenir dans mes bras. Je ne lui garde pas rancune : c'est si petit.

« Je pensais souvent à ce moment où, de mon ombre, je l'avais vu, lui seul, en pleine lumière, dans ma propre maison.

« Les premiers froids arrivés, j'allai seul à la terre. Seul tout le long jour, vous comprenez ?

« Un soir, au moment de passer le seuil, je les entendis parler. On aurait dit que ces voix riaient d'elles-mêmes. Je savais ! En entrant, tu vas les trouver tranquilles : elle à cuisiner, lui sur sa chaise, car c'est l'heure où tu dois arriver.

« Je retirai doucement mon pied de dessus la pierre, posai ma bêche et je pris la route de Gap.

« J'ai marché pendant longtemps d'un bon pas et je ne me souviens que du bruit que faisaient les feuilles mortes autour de moi.

« À l'aube, j'attendis au bord du chemin la voiture du courrier. À huit heures, j'étais à Gap. J'entrai au « Crédit ». Il y avait cinq cents francs sous mon nom ; j'en pris deux cents et je dis au caissier : « Le reste, ma femme viendra le chercher. » Il me fit signer une autorisation.

Je demandai si on ne pouvait pas lui écrire qu'il y avait cet argent pour elle. Il me promit de faire le nécessaire. Cela me soulagea. Les récoltes, vous savez, sont difficiles à vendre et, si on n'a pas un peu de sous pour l'hiver…

« Un train partait à onze heures ; j'étais au guichet de la gare derrière un voyageur de commerce, un rigolo qui demanda un billet pour Aix : 14,55 F. Je pris un billet pour Aix aussi. C'était plus facile, je connaissais le prix, n'est-ce pas ?

« Je vous assure, pendant tout le voyage je n'ai pensé à rien. Je regardais par la portière, j'écoutais le nom des gares, de drôles de noms que vous avez par ici : Oraison, Villeneuve, Volx. Après Volx, on passe devant une barrière de collines. À un certain endroit s'ouvre l'étroite fente d'un vallon noir de pins. Il me prit envie de me coucher là, tout seul.

« Je descendis à la gare suivante, mais je ne sus pas retrouver cette vallée aperçue du train. Je montai dans la colline et j'arrivai ici.

« Alors, il m'a semblé que, si je voulais vivre, je devais déblayer tout ça.

Il montrait les vagues immobiles de la garrigue, de l'autre côté de sa terre propre ; et je voyais surtout la grande tentacule écailleuse que le roncier avait jetée. Elle paraissait avoir encore un peu rampé à travers les mottes.

Il me dit, un autre jour :
— Donnez-moi un peu de tabac.
Le grand roncier était tout de son long étalé sur le carré des oignons. Une clématite enhardie dardait vers le poirier une flèche verte que le vent faisait trembler.
Je lui laissai tout le paquet.

Et, quand je revins, après une semaine, la porte était close. La garrigue remuait doucement, comme une énorme bête qui s'ébranle. Ses violiers, sur le seuil, mouraient. Deux ou trois iris, de ceux qui s'habituent assez bien à la vie sauvage, fleurissaient, malgré la sourde hostilité du bois.

Un matin, près de la poste, j'attendis le facteur de la campagne, celui qui desservait son quartier.

— Je me souviens, répondit-il, il y a trois semaines (c'était à peu près l'époque où l'homme avait commencé sa confidence) il me donna une lettre recommandée pour l'Italie ; même je ne connaissais pas le tarif. Après, il venait tous les jours à ma rencontre pour chercher la réponse. Il avait promis de me donner des timbres ; mon petit fait la collection. La réponse n'est pas venue. Je ne l'ai plus revu depuis.

Sa terre, maintenant, disparaît sous la bave du bois : un fouillis de chardons et de lianes. Le poirier n'est plus qu'un tronc mort qui porte la lourde clématite ébouriffée.

Est-il retourné vivant vers la douleur, l'âme envahie d'épines ? Ou bien est-il couché, os épars, sous la sauvage frondaison, ayant fait jaillir de sa chair humide cette grande euphorbe laiteuse et âcre ?

JOFROI DE LA MAUSSAN

Je vois venir Fonse ; il est tout bouleversé à en avoir la bouche sans chique, à en oublier de relever ses pantalons, et sa ceinture de laine est sous son ventre. Il fait des pas !

— Si tu vas loin, comme ça, je lui dis en passant...

Il ne m'avait pas vu, allongé dans les vieilles pailles de l'aire. Il tourne la tête. Il me regarde. Il monte le talus, il vient se coucher à côté de moi et il reste là à souffler pour reprendre l'haleine. Moi qui connais sa maladie... Moi ? Il en parle partout : au café, aux champs, aux veillées, à toutes les occasions, depuis que le monsieur de Digne lui en a parlé. Je lui dis :

— C'est pas bon pour ton cœur, ça, tu sais ?

— Ah ! le cœur, qu'il me fait, si c'était seulement ça, mais il vient de m'en arriver une…

Ça doit être en effet quelque chose… Lui qui d'ordinaire regarde les événements sans se presser pendant une bonne heure avant de se décider, il est là, tout perdu à battre des paupières, comme ébloui par sa propre vitesse.

— Tu sais que j'ai acheté le grand verger de la Maussan ? Cet hiver, le Jofroi est venu à la maison ; je l'ai fait entrer dans la cuisine ; je lui ai dit : « Chauffe-toi. » Il a bu un petit verre puis il s'est décidé. Il m'a dit : « Fonse, je me fais vieux ; la femme est malade, moi aussi ; on n'a pas d'enfants, c'est un gros malheur. J'ai vu le notaire de Riez et on s'est presque entendu. Il m'a montré la billette, je suis allé voir le percepteur et… je te dis, on s'est presque entendu. Si je mettais tant en viager, ça me ferait tant de rente. » Alors, moi, je lui ai dit que c'était une bonne idée, et, d'une chose à l'autre, on en est arrivé que j'ai acheté le grand verger de la Maussan. Pas la maison ; il m'a dit : « La maison, laisse-la-moi, j'en ai l'habitude, ailleurs, ça me donnera l'ennui, mais, prends toute la terre, ras des murs si tu veux. » Enfin, je lui en ai laissé un bon peu pour qu'il puisse prendre son soleil et un arbre ou deux pour l'amuser. Tu vois que j'ai été convenable, et puis je l'ai payé d'aligné. Il a placé ses sous, il a sa rente. Nous sommes bien contents. Bon.

« Tu l'as vu le verger de Maussan ? C'est tout des pêchers, des vieux ; ça devrait être arraché depuis dix ans déjà. Le Jofroi, lui, un peu moins, ça allait toujours, mais moi, le pêcher c'est pas mon fort, et puis, notre terre, c'est pas une terre à ça ; enfin, mets-le comme tu veux, moi, mon intention c'est de faire du blé là-dessus, d'arracher les arbres et de faire du blé. C'est une idée comme une autre, et puis, ça ne regarde personne : j'ai payé, c'est à moi, je fais ce que je veux.

« Ce matin, je me suis dit : « Le temps est comme ci, comme ça, tu n'as rien à faire, tu vas commencer à arracher. » Et, tout à l'heure, je suis allé à Maussan… (C'est tout mon Fonse, cette phrase. Ce matin, il en eut l'idée, mais il n'est allé à Maussan qu'a trois heures de l'après-midi.)

— … j'avais attaché une corde à la plus grosse branche et j'ai tiré, tiré et c'est venu ; ça a fait un bruit. Alors, j'allais arracher la souche ; j'ai entendu ouvrir une fenêtre, puis le Jofroi est venu.

« — Et qu'est-ce que tu fais, il m'a dit ?

« Il n'avait pas son naturel de figure.

« — Tu le vois, je réponds.

« — Tu vas le faire à tous, ça·?

« — À tous.

« Je ne voyais pas où il voulait en venir. Il retourne à la bastide et je le vois arriver avec son fusil. Pas à l'épaule, bien en main, la main droite à la gâchette, la main gauche sous les canons, et il portait ça devant lui, bien solide, et il marchait comme un dératé. Il avait encore moins de naturel qu'avant.

« Moi, j'avais déjà attaché la corde au second arbre et, en voyant le Jofroi avec le fusil, je lui dis en riant :

« — Tu vas chasser les fifis ?

« — Je vais chasser le salaud, il me fait.

« Et il vient sur moi.

« Les bras m'en sont tombés.

« — Tu les laisses mes arbres ? il m'a dit.

« — Jofroi...

« — Tu les laisses ?...

« Il me met les canons, là, sous la chemise,

et, tu sais, c'était plus un homme. Je lui dis, sans me fâcher (il avait le doigt prêt) :

« — Jofroi, fais pas l'enfant.

« Il ne savait que répéter :

« — Tu les laisses, mes arbres, tu les laisses ?…

« Qu'est-ce que tu veux discuter ? J'ai lâché la corde et je suis venu, et voilà.

« Ah ! c'en est une d'histoire !

« Et qu'est-ce que je vais faire maintenant ?

*

On s'y est tous mis, on a tous essayé ; je suis allé moi-même voir Jofroi. Il est comme un chien qui a planté ses dents dans un morceau de viande et ne veut pas la lâcher.

— C'est mes arbres ; c'est moi qui ai tout planté ; je ne peux pas souffrir ça, là, sous mes yeux. S'il revient, je lui tire dans le ventre puis je me fais sauter le caisson.

— Mais il a acheté.

— Si j'avais su que c'était pour ça, j'aurais pas vendu.

— Jofroi, je lui dis, ça vient de ce que vous avez gardé la maison ; alors, vous êtes là, vous voyez tout ; ça vous fait mal au cœur, ça c'est

forcé, je le comprends, mais mettez-vous à la
place de Fonse. Il a acheté, il a payé, c'est à
lui ; il a le droit de faire ce qu'il veut.

— Mais, mes arbres, mes arbres. Je les ai
achetés à la foire de Riez, moi, en cinq,
l'année que la Barbe m'a dit : « Jofroi, nous
aurons peut-être un petit » et que le gros
incendie des Revaudières lui a faussé ses cou-
ches. Ces arbres, je les ai portés de Riez ici sur
mon dos ; j'ai fait tout seul : les trous, charrier le
fumier ; je me suis levé la nuit pour venir y al-
lumer la paille mouillée, pour pas que ça gèle ;
j'y a fait plus de dix fois le remède à la nicotine
et, chaque bidon, c'était cent francs. Tenez, regardez les feuilles, si c'est pas sain, ça. Où vous
en trouverez des arbres de cet âge, comme ça ?

« Ah, bien sûr, ça donne guère, mais, on a
un peu de raisonnement quand même. On
sait que des vieux arbres, c'est pas des jeunes ;
on ne se met pas à tout massacrer parce que
c'est vieux. Alors, il faut me tuer, moi aussi
parce que je suis vieux ? Allons, allons, qu'il
raisonne lui aussi, un peu.

Pour lui faire comprendre que ce n'est pas
la même chose, lui et ses arbres, c'est difficile.

Alors, on s'est tous mis sur le Fonse. On y est allé après souper, en bande. On m'avait dit : « Vous qui savez parler, parlez-lui ; on ne peut laisser ça comme ça. »

Je lui ai dit :

— Fonse, écoute : le Jofroi est buté ; il n'y a rien à faire, il raisonne comme un tambour, tu le sais. Il n'y a que toi d'intelligent dans l'affaire, montre-le. Sais-tu ce que je te conseille ? On arrange tout : tu lui rends sa terre, il te rend tes sous, plus les frais d'acte comme tu as dit, bien sûr, il faut pas que tu en sois de ta poche, et puis c'est fini. C'est un vieux, on ne peut pas le laisser comme ça, peut-être à deux ans de sa mort, avec de la peine. Arrangeons ça de cette façon.

Et le Fonse qui est le plus brave homme de la création a dit tout de suite :

— Faisons comme ça.

Mais alors il y a eu autre chose.

*

Le Jofroi a déjà tout versé à la Caisse des Dépôts et Consignations. Il n'a plus le sou. Il n'a plus que sa rente.

Il est là sur la place du village ; on a fait venir le Fonse, on est tous autour ; il n'y a pas de fusil, ça ne risque rien. On est là pour discuter.

— Alors, si tu n'as pas de sous, fait le Fonse, qu'est-ce que tu veux que je te dise ? Je ne peux pas te rendre ta terre pour rien ; j'ai payé, moi.

Jofroi est capot. La raison de Fonse est bonne. C'est un mur à se casser la tête. Il n'y a rien à dire.

Il y a à dire pour Fonse parce que c'est, je vous l'ai dit, le plus brave homme de la création. Franc comme un cochon sain, à donner tout son sang pour qu'on le mange.

— Écoute, Jofroi, je vais t'arranger quand même. Tu as ta rente ; il te faut tant pour vivre ; ta terre, puisque tu ne peux pas me rendre les sous, je te la loue. Tant. Il t'en reste de reste pour vivre et tu en fais ce que tu veux de tes arbres.

Ça nous a semblé le jugement de Salomon. On s'est tous regardé avec de beaux yeux. C'est fini. Il fait bon sur cette place ; je trouve même que le monument aux morts n'est pas si vilain que ça. On entend chanter les pies.

Jofroi n'a pas l'air bien content. Il mâche et remâche.

À la fin, il a dit :

— N'empêche que si tu me la loues, la terre, elle ne sera pas à moi. Elle sera quand même à toi. Les arbres seront à toi.

— Qu'est-ce que tu veux que je te dise, a fait Fonse désespéré.

Et la comédie a commencé.

*

Il est venu l'Albéric, un des voisins de la Maussan. Il courait. Il s'est arrêté aux aires, il a mouliné des bras ; il a crié : « Vite, vite, venez vite. »

On s'est tous mis à la course vers la ferme et, en courant, l'Albéric nous a crié :

— Jofroi s'est jeté de la fenêtre.

Non, il ne s'est pas jeté de la fenêtre. Quand nous arrivons, il est là-haut sur la toiture de sa maison, bien au bord, la pointe des pieds dans le zinc de la gouttière. Il crie :

— Levez-vous que je saute.

La Barbe est là, à genoux dans la poussière.

— Ne saute pas, Jofroi, ne saute pas, elle crie. Ne reste pas là au bord que, si le vertige te prenait, ah, brave dieu et bonne vierge et

saint monsieur le Curé ; enlevez-le de là. Ne
saute pas, Jofroi.

— Levez-la d'en bas que je saute.

Nous sommes tous là ; on ne sait quoi
faire. Fonse est allé chercher le matelas du lit ;
il le met sur le pavé de la cour juste à l'endroit
où l'autre peut sauter.

— Lève ça, crie Jofroi, lève ça que je saute.

— Tu es une bête, crie Fonse ; à quoi ça
t'avancera de sauter ?

— Si je veux sauter, répond Jofroi.

— Non, non, bonne mère, fait Barbe.

Ça a duré : saute, ne saute pas ; il nous a
tenus là plus d'une heure. À la fin, je lui ai crié :

— Sautez et que ça soit fini.

Alors, il s'est un peu reculé et il a demandé :

— Qui est-ce qui a crié ça ?

— C'est moi, j'ai dit. Oui, c'est moi ; vous
n'avez pas fini de faire l'arlequin là-haut ? Ah,
vous avez bonne façon sur votre toiture. Vous
allez casser les tuiles avec vos gros souliers et
casser la gouttière. Voilà ce que vous allez
faire. Et puis, vous serez bien avancé. Si vous
devez sauter, sautez et que ce soit fini.

Il a bien réfléchi, il nous a regardés, nous
tous, muets, en bas, à ne pas savoir comment

ça allait finir, nous tous avec la figure levée vers lui, qu'il devait nous voir comme une rangée d'œufs dans un panier. Puis il a dit :

— Non, puisque c'est comme ça et que vous voulez que je saute, je ne saute pas. Je me pendrai quand il n'y aura personne.

Il s'est reculé et il est entré dans le ciel ouvert du grenier. Barbe s'est relevée. Elle avait la robe pleine de poussière.

*

Cette après-midi où ça s'est bien trouvé pour faire les travaux de fin d'hiver, tout le monde est dans les champs, même les enfants parce que c'est jeudi. Même moi, parce que ça faisait tant de rires et tant de chansons que je me suis dit : « C'est le printemps, les amandiers doivent être fleuris. » Ils n'étaient pas fleuris mais, dans l'épaisseur de tout le plateau planté d'amandiers nus, il y avait à la cime des branches comme une mousse bleue et rousse, ce qui est le gonflement de la sève.

Donc, je suis sorti et je suis allé avec les autres. Il y avait les ânes, et tous les chiens, et les mulets, et les chevaux, et ça n'était que

hennissements, abois, chansons, bruits d'eau,
cris de filles et galopades parce que l'ânesse à
Gaston s'était échappée.

Au milieu de tout ça on a vu passer Jofroi.
Il était sot ; il était sombre comme le toupin
au café. Il traînait une grosse corde.

— Et où tu vas, on lui a dit ?

— Je vais me pendre, il a dit.

Bon. On a pensé à ce coup de la toiture et
on l'a regardé de loin. De loin… Il est allé
jusqu'au verger de l'Antonin, il a lancé sa
corde par-dessus la branche…

L'Antonin est vite arrivé.

— Jofroi, va te pendre chez l'Ernest, va ;
ici, ce n'est pas un endroit. Et puis, là-bas,
les arbres sont plus hauts, et puis, c'est de
l'autre côté des pins, tu seras mieux à ton
aise, on ne te verra pas, va.

Le Jofroi l'a regardé avec son œil d'orage.

— Antonin, tu es toujours le même. Quand
on te demande un service…

— Va…

— J'y vais.

Et il y est allé. Nous avons suivi parce
qu'au fond, nous sentons le gros mal de
Jofroi. Nous savons que c'est une vérité, ce

mal ; au su et au vu de tous comme le soleil
ou la lune, et nous faisons les fanfarons. Mais,
voilà que de là-bas, de la Maussan, est parti
un hurlement, long et qui traîne sur nous
comme une lourde fumée. C'est Barbe qui
hurle. C'est la vieille Barbe qui, sur ses sep-
tante comme elle est, en est encore à hurler
de toute la force de son ventre pour crier
que son homme va se pendre.

On a même un peu couru. Il avait eu le
temps de passer la corde, de faire le nœud cou-
lant, d'approcher une bille de bois, de monter, de passer sa tête dans le lacet, et déjà la
bille roulait sous ses pieds.

On l'a eu, juste pour le saisir à bras-le-corps,
le hausser, le tenir, et lui, il tapait sur toutes
les têtes avec ses poings, et il tapait du soulier
dans tous les ventres, sans parler, parce que la
corde avait déjà un peu serré le gosier.

On l'a dépendu et on l'a allongé au talus. Il
ne dit rien ; il souffle. Personne ne dit rien. La
belle gaieté est partie. Les enfants sont là à se
presser contre notre groupe, à regarder entre
nos jambes pour voir Jofroi étendu. Plus de
chansons. On entend le vent haut qui ronfle.

Jofroi se dresse. Il nous regarde tous autour de lui. Il fait un pas, et on s'écarte, et il passe. Il se retourne :

— Race de... il dit entre ses dents. Race... Race de...

Il ne dit pas de quoi. Il n'y a pas de mots où il puisse mettre tout son désespoir.

Il part sur le chemin et on voit Barbe qui vient à sa rencontre, et qui geint, et qui court tout de travers dans les ornières comme un petit chien qui apprend à marcher.

*

— Au fond, me dit Fonse, c'est moi le plus mal arrangé dans cette histoire : j'ai donné mes douze mille francs et, s'il arrive quelque chose, ça ne sera pas long pour qu'on dise que c'est moi qui suis responsable, tu verras.

« Maintenant, ils sont tous de mon côté. Fais que Jofroi se pende du bon, ou se noie, ou, je ne sais pas, moi, et tu verras. Je les connais, moi, les gens d'ici. J'ai déjà des scènes à la maison : la femme, la petite, la belle-mère, toutes, et pourtant, qu'est-ce que tu veux que je fasse ?

— Rien, Fonse, tu as fait tout ce qu'il fallait, mais, quant à croire que c'est toi le plus mal arrangé, non. Pense à Jofroi, c'est lui le plus mal arrangé, crois-moi, ce n'est pas des choses à pantin ce qu'il fait. Tu le connais. Il veut sérieusement mourir, mais il pense à ce qu'il laisserait, et alors, il ne sait plus, il fait moitié moitié. Il se dit : « S'ils me voient comme ça, à la mort, ils auront le débord de la pitié et ils arrangeront. » Il voit bien que c'est difficile mais il a toujours l'espoir.

— Savoir si c'est ça, dit Fonse.

Je lui dis :

— Moi je crois. Écoute : je suis allé à la Maussan l'autre jour. Tu n'y vas plus, toi ?

— Non, je n'y ai plus mis les pieds, je ne vais même plus de ce côté. C'est pas précisément de son fusil que j'ai peur. Bien sûr, ça y est pour quelque chose, mais, s'il n'y avait que ça, peut-être… Non, je ne monte plus de ce côté parce que j'ai peur surtout de ça. Je vais te dire : il sait que j'ai tout pour moi, la loi, la raison des gens, sa raison à lui, au fond même. Alors, s'il me revoit, il croira que je suis décidé à me servir de tout ça. Il sait que si je me sers de tout ça, il est perdu ; et qui sait ce qu'il fera alors ?

— Bon, mais moi j'y suis allé après les pluies, et puis ce chaud ; le champ est plein d'herbe comme un bassin d'eau. Ça monte jusqu'au milieu des arbres. Il était là, le Jofroi, et il a fait, en me voyant : « Regardez ce malheur ; si c'est pas un malheur de traiter de la terre de cette façon. » Tu vois qu'il a du chagrin ; il ne sait plus ce qu'il dit. Il sait bien que c'est lui qui…

À ce moment, Félippe ouvre la porte du café. Il nous regarde. Il reste avec la main sur la manette de la porte.

— Fonse, Monsieur, le Jofroi est mort.

On est resté tout gelé, tout vide, sans idée, à se sentir pâlir, à se sentir refroidir comme un plat ôté du feu.

Puis on a dit :

— Comment ?

Et on s'est dressé avec le peu de volonté qui nous reste.

— Oui, a dit Félippe, il est là-bas étendu sur la route. Il ne bouge plus. Il est tout raide. Je l'ai appelé de loin, puis j'ai fait un détour et je suis vite venu.

Jofroi est étendu sur la route, mais, comme nous arrivons près de lui, nous voyons qu'il est vivant, bien vivant et les yeux ouverts.

— Eh ! qu'est-ce que tu fais là ?

— Je veux me faire écraser par les autos.

Le Félippe n'en peut pas revenir.

— Tu crois que ça va se faire comme ça ? Quand ils vont te voir, de loin, ils s'arrêteront. Si tu veux te tuer du bon, Jofroi, va te jeter dans...

— Ne lui dis rien, a fait Fonse.

*

Le printemps est venu, puis il a passé. L'été est venu, et il passe, tout lentement, gros et lourd avec ses gros pieds embourbés de soleil qui pèsent sur nos têtes.

Le verger de la Maussan n'est plus qu'un champ sauvage au milieu de nos terres domestiques. Ceux qui sont près de lui ont besoin de se méfier, il les mord avec de longues dents d'herbes tenaces et il faut taper dessus à tour de bras avec la bêche pour le faire lâcher.

Le Jofroi, on l'a retenu plus de vingt fois : juste sur le bord du puits d'Antoine, un puits qui a plus de trente mètres et que l'Antoine disait : « Quand même, s'il l'avait fait, où j'aurais pris l'eau après ? » On l'a tiré de la petite écluse du ruisseau. Il s'est secoué comme un chien, il est parti. On lui a caché son fusil. On a cassé la bouteille de teinture d'iode et on a prévenu l'épicière qu'elle ne lui en donne pas d'autre, ni d'esprit-de-sel, ni de rien. On est là, à se demander quelle chose extraordinaire il pourrait bien faire : manger des clous, à s'en faire péter le ventre ; s'empoisonner avec de l'herbe, des champignons ; se faire tuer par le taureau. On ne sait pas. On invente tout en soi-même et ça finit par n'être plus tenable. Le Fonse qui n'a jamais été malade a eu une indigestion que tout le monde a couru, une mauvaise indigestion de melon. Il en a été à deux doigts de la mort. Moi, j'ai dit à ma femme :

— Écoute, les Jarbois nous ont invités plusieurs fois à aller les voir à Barret. On devrait y aller pour quinze jours, avec la petite…

Et ma femme m'a dit :

— C'est au moins pour le Jofroi que tu me dis ça.

— Non, mais…

Enfin, il a été décidé qu'on partirait. L'air est bon à Barret, et puis, les Jarbois sont bien gentils, tant l'homme que la femme, et puis… n'est-ce pas, Élise ?

Et j'ai dit à Fonse, un Fonse tout flottant dans son pantalon, un Fonse en plume de pigeon, léger, léger, blanc comme une assiette et qui a sa veste malgré l'été ; j'ai dit à Fonse : « Viens, on va boire une anisette parce que, d'ici quelques jours, je vais être obligé de m'en aller. Oui, des affaires. »

Et c'est là qu'on est encore venu nous dire :

— Jofroi est mort.

Nous avons dit, de bonne foi :

— Encore ? …

Mais cette fois, c'est Martel qui annonce, Martel un peu cousin avec Jofroi, un homme de croyance.

— Cette fois, c'est du bon, il dit, puis, tout de suite, parce qu'il sait ce qu'on pense :

— Non, il a eu une attaque hier à midi et il est mort cette nuit. Il est mort, bien mort. On l'a habillé, je l'ai veillé jusqu'au matin. Je vais à la mairie faire les formalités, puis au curé, pour l'heure.

Fonse est resté une minute là, puis il lui est venu des couleurs aux joues et il m'a dit, bien rapidement :

— Au revoir.

Je l'ai vu entrer chez lui. Il en est ressorti un peu après et il est allé de droite et de gauche parler avec les femmes. Alors, il a ouvert la porte de sa remise, il a attelé l'âne, il a chargé sur la charrette une grosse hache, une corde, un couteau-scie, une faux, et, tirant l'âne par le museau, il est parti du côté de la Maussan.

*

J'ai revu Fonse ce soir. Il m'a dit :

— J'en laisserai cinq ou six, de ces arbres. Pas pour la récolte, non, seulement parce que, si le Jofroi me voit, de là où il est, il se dira : « Ce Fonse, quand même, à bien regarder, c'était pas un mauvais homme. »

PHILÉMON

Autour de Noël les jours sont paisibles comme des fruits alignés dans la paille. Les nuits sont de grosses prunes dures de gel ; les midi de petits abricots sauvages, aigres et roux.

C'est le temps des cueillettes d'olives ; pour une fois, la charrette prendra le mauvais chemin de la colline et il faudra tirer le mulet par le museau pour le faire avancer.

C'est le temps des tueries de cochons. Les fermes fument ; dans la buanderie on a enlevé le tonneau à lessive, on a accroché le gros chaudron, et l'eau bout, et, quand on rentre de promenade, au versant du soleil, on rencontre Philémon.

Il me dit :

— J'ai mis un article dans le journal. Oui,

parce qu'on avait fait courir le bruit que j'étais trop vieux cette année. Alors, vous comprenez…

Je comprends ; j'ai lu l'article. Ça disait : « Monsieur Philémon prévient le public qu'il est toujours capable de tuer les cochons pour le monde. »

— Ah ! vous l'avez lu. Comme ça, on sait que je fais toujours le travail.

J'ai rencontré Philémon dans le chemin creux, et c'était nuit tombée ; il avait à la main l'étui de bois où il met son couteau. Je l'ai reconnu tout de suite à l'odeur de tripaille et de sang qu'il porte avec lui.

— Moi, je ne sens rien, c'est l'habitude. Ma femme ne sent rien non plus ; c'est peut-être parce que toute la nuit je suis avec elle et que sa peau a pris le goût aussi. Je crois que c'est ça. Mais la petite est comme vous. De tout ce mois il n'y a pas moyen de l'embrasser. Elle me dit : « Tu sens le mort. »

Cette odeur de meurtre est si forte qu'il ne peut pas s'approcher des soues, ni donner la main. Il attend là, près du chevalet et de la bassine. Le chien vient, le renifle, puis file, la queue entre les jambes. Et, de là-bas, il surveille. Si l'homme bouge, s'il éternue, s'il met la main à la poche le chien hurle brusquement un long hurlement qu'il fait monter vers le ciel, le cou tendu, la gueule en l'air.

Philémon connaît tout ça ; il sait aussi que le cochon est un animal qui s'inquiète vite et pour peu de chose, et que, le chien, ça va compliquer l'affaire ; alors, il reste là immobile, dans un coin de la cour, avec son grand couteau caché derrière son dos.

*

— Vous vous souvenez de la fois de Moulières-longues ?

Il rit. Je dis :

— Vous ne voulez pas que je m'en souvienne ? Je suis resté longtemps sans pouvoir m'empêcher d'y penser.

— C'était risible.

— Ça n'était pas si risible que ça ; vous avez l'habitude, vous, mais moi et puis les autres…

— Parce que vous vous faites des idées et qu'une fois qu'elles sont faites vous tapez toujours sur la même. Qu'est-ce que c'était, après tout ? Un cochon comme un autre.

— Oui, mais juste à ce moment-là.

— Oh, le moment… le principal, c'était de tuer le cochon avant qu'il soit mort. Ça vous fait rire ? C'est comme ça. J'aurais pas été là, c'était foutu. Ça pressait, vous savez.

*

Ce jour-là, à Moulières-longues, on mariait la fille. Il faut que je vous dise d'abord deux choses : Moulières-longues c'est une ferme toute isolée, perdue dans une espèce de cratère des collines et tout y prend beaucoup d'importance en raison de ce que la vue d'alentour n'est pas belle mais renfrognée. Ça, c'est la première chose. La seconde, c'est qu'aux Moulières-longues on avait beaucoup de sous. Le père Sube était renommé. Alors, au lieu de garder sa fille pour la terre il s'était laissé monter le coup et il l'avait mise à Aix, à l'école. Blanchette Sube, grande et pliante comme du jonc, jolie figure, mais, depuis, elle me tenait un peu de loin. Là-bas, elle s'était trouvé un fils de professeur ou d'huissier, ou… enfin, blond et comme elle : assortis. Deux pailles. Un coup de vent et plus personne.

J'étais de noce parce que Sube est depuis toujours ami avec la famille. Il y avait Philémon : c'est un cousin au quatrième degré. Et puis du monde de partout ; et la mère du jeune homme qui pinçait sa robe et la relevait pour marcher dans l'herbe propre. On était peut-être trente. Ce que je sais, c'est qu'à la fin, pour le dernier char, il ne restait que les « novi », le père Sube, Philémon et moi.

— Montez toujours dans le char, dit Sube ; je jette un coup d'œil aux cochons et je viens.

Il entre à l'étable, il ressort presque tout de suite et il crie :

— Philémon, arrive un peu.

Nous trois, nous restons sur le char.

Au bout d'un moment, le petit monsieur demande :

— Qu'est-ce qu'on attend ?

Moi, j'avais déjà vu Philémon passer en courant, puis revenir sans son veston et avec une bassine et, avant d'entrer à l'étable, il avait posé sa bassine par terre, puis il s'était arraché son plastron amidonné.

Je dis :

— Je ne sais pas.

Sube crie encore :

— Chette, apporte-moi le gros couteau…
le tiroir de la table… dans la cuisine… vite.

Si vous aviez vu son œil rond à Chette.

Je passe les guides au petit monsieur :

— Tenez un peu le cheval, j'y vais.

Le cochon était couché sur le flanc. Malade.
L'apoplexie. Il essayait de respirer en battant de
la bouche comme un poisson dans l'herbe
mais ça gargouillait comme un tuyau bouché.

— Donne le couteau, fait Philémon, et at-
trape les pattes… couche-toi dessus.

J'avais le beau costume, mais je sais ce que
c'est ; je me couche.

— La bassine… sous la tête… plus haut…
quelqu'un pour remuer le sang… ne lâche pas
les pattes.

— Blanchette, hurle Sube, tu viens ou je
vais te chercher ?

Et Philémon saigna le cochon. Le sang
d'abord boucha le trou comme de la poix
mais Philémon se mit à vriller avec le couteau
et ça pissa rouge, clair, en bel arc, comme
d'une fontaine qu'on débouche. Avec un petit
balai de bruyère, Blanchette remuait le sang
dans la bassine. Elle détournait la tête ; elle
avait des haut-le-cœur qu'elle retenait dans sa

bouche avec son petit mouchoir brodé. Elle était presque aussi blanche que sa robe. Je dis presque ; et si sa robe paraissait plus blanche c'est qu'à son beau milieu il y avait une grosse tache de sang.

— C'est rien, ça, dit Sube, un peu radouci parce que l'affaire avait l'air d'aller. On mettra une épingle, ça ne se verra pas.

COLLECTION FOLIO 2 €

Composition Nord Compo
Impression Novoprint
à Barcelone, le 17 mars 2020
Dépôt légal: mars 2020
1er dépôt legal dans le collection : septembre 2005.

ISBN 978-2-07-030884-2 / Imprimé en Espagne.

367883